AF602693

18 JUILLET 1904. V

Brionne

VENTE

AU

CHATEAU DE BOIS-DAVID

A BRIONNE

Canton de Brionne, Arrondissement de Bernay

(EURE)

Les Lundi 18, Mardi 19, Mercredi 20, Jeudi 21 Juillet 1904

ET JOURS SUIVANTS, A UNE HEURE DE L'APRÈS-MIDI

CATALOGUE SOMMAIRE

Mᵉ SAUVAGE, Notaire à Bernay (Eure)

ASSISTÉ DE

MM. Marius PAULME et B. LASQUIN Fils

Experts en Objets d'art

10, Rue Chauchat — PARIS — Rue Laffitte, 12

Et, pour la Bibliothèque, de **M. LESTRINGANT**, Libraire

11, Rue Jeanne-d'Arc, à Rouen

EXPOSITION PUBLIQUE

Le Dimanche 17 Juillet 1904, de 1 heure à 5 heures

IMPRIMERIE
Henri MIAULLE
31, Rue Thiers
BERNAY (Eure)

VENTE

AU

CHATEAU de BOIS-DAVID

A BRIONNE (Eure)

VENTE

AU

CHATEAU DE BOIS-DAVID

A BRIONNE

Canton de Brionne, Arrondissement de Bernay

(EURE)

Le Château est à 1 kil. 500 de la Station de Brionne

(Ligne de Serquigny à Rouen)

CATALOGUE SOMMAIRE

DES

BELLES FAIENCES ANCIENNES DE ROUEN

FAIENCES ET PORCELAINES DIVERSES

BELLES GRAVURES FRANÇAISES AU BURIN DU XVIIe SIÈCLE ET AUTRES

TABLEAUX, PASTEL, DESSINS, MINIATURES

MEUBLES ANCIENS EN BOIS SCULPTÉ ET EN MARQUETERIE

NOMBREUX SIÈGES ANCIENS COUVERTS EN SOIE ET TAPISSERIE

BRONZES D'ART ET D'AMEUBLEMENT

SCULPTURES ANCIENNES EN PIERRE, BRONZE, BOIS, IVOIRE, ETC.

BIJOUX NORMANDS, OBJETS DIVERS

TAPISSERIE, ÉTOFFES, ETC.

BIBLIOTHÈQUE

MANUSCRITS, BELLES RELIURES ANCIENNES EN MAROQUIN

AVEC ARMOIRIES, ETC., ETC.

Dont la vente aura lieu au Château

Les Lundi 18, Mardi 19, Mercredi 20, Jeudi 21 Juillet 1904

et Jours suivants, à 1 heure de l'après-midi

Par le ministère de Mᵉ SAUVAGE, Notaire à Bernay (Eure)

assisté de

MM. Marius PAULME et B. LASQUIN *fils*

Experts en Objets d'art

10, rue Chauchat — *PARIS* — *Rue Laffitte, 12*

Et pour la Bibliothèque de M. **LESTRINGANT**, libraire à Rouen, 11, rue Jeanne-d'Arc

Exposition publique, au Château, le Dimanche 17 Juillet 1904, de 1 à 5 h.

CONDITIONS DE LA VENTE

Elle sera faite expressément au Comptant.

Les acquéreurs paieront DIX POUR CENT en sus des prix d'adjudication, plus un droit de criée de 0 fr. 10 par lot adjugé.

En cas de contestation sur une enchère, l'objet sera remis immédiatement en vente.

L'Exposition mettant le public à même de se rendre compte de l'état et de la nature des objets mis en vente, aucune réclamation ne sera admise une fois l'adjudication prononcée.

N.-B. — *On ne pourra visiter le Château que le jour de l'Exposition publique, aux heures indiquées à cet effet.*

Pour toutes demandes de Catalogues

S'adresser par lettre affranchie à :

Me SAUVAGE, Notaire à Bernay (Eure);
M. PAULME, Expert, 10, rue Chauchat, à Paris ;
MM. B. LASQUIN Fils, Experts, 12, rue Laffitte, à Paris ;
M. LESTRINGANT, Libraire, 11, rue Jeanne-d'Arc, à Rouen.

Les Livres et les Gravures seront vendus dans la vacation du Jeudi 21 Juillet 1904

DÉSIGNATION

COLLECTION DE FAIENCES ANCIENNES DE ROUEN

(Plus de deux cents pièces)

Belles assiettes à décors bleu et polychrome, à la corne, à la double corne, au chardon, à l'oiseau, à la pagode, au Chinois, avec chiffres et armoiries en bleu, en bleu et rouge, à lambrequins, de style rayonnant et autres.

Nombreux plats et compotiers de formes et décors variés.

Plats à barde, Saladiers, Soupières, Légumiers, Vases, Cache-pots, etc.

Belles bannettes bleu et polychrôme à riche lambrequin.

Plat rond à la double corne et au chardon noir.

Deux grands plats ronds avec amours et lambrequin bleu.

Beau plateau à six lobes avec armoiries au centre et riche lambrequin bleu. (Ancienne *Collection Loisel*, de La Rivière-Thibouville).

Plat aux armes du cardinal Colbert en couleurs, avec bordure bleue à médaillons.

Plateau à décor en couleurs de chinois dans un paysage avec oiseaux.

Plat dit « **au tabac** » à personnages et bordure à lambrequin polychrome.

Belle réunion de **Porte-huiliers** de décors variés, à la corne, à lambrequins en couleurs, au chinois et pagode de Guillibaud, etc.

Collection de **Pichets** décorés d'ornements et de figures, en bleu et polychrome.

Série de **Porte-bouquets** en forme d'appliques de décors variés.

Jardinières, écritoires, sucrières, saucières, savonnettes, encriers, théières, etc.

Fontaine avec son couvercle et son bassin à décor polychrome.

Plusieurs **Fontaines appliques** en bleu et en couleurs.

Bénitiers, Burette à long col, Hanaps, Bouteilles.

Paire de flambeaux à décor bleu.

Bacchus à cheval sur un tonnelet, en couleurs.

Boite à épices à trois compartiments avec son couvercle, polychrome (ancienne *Collection Loisel*).

Petits **lions,** paires de **sabots, livre** simulé.

Lanterne à décor de personnages, sujet galant (ancienne *Collection Loisel*).

Pendule-cartel polychrome avec 2 figures en ronde-bosse, pièce datée 1761.

Quantités de pièces diverses.

FAIENCES ANCIENNES DIVERSES

Plateau à burettes en vieux **Bordeaux** avec figure de sainte femme au centre et bordure à lambrequin (ancienne *Collection Loisel*).

Assiette en **vieux Delft** avec vue d'un port, bordure à fleurs et quadrillés.

Plusieurs assiettes polychromes et **plaques** d'appliques à décor bleu.

Jardinière à deux anses en **vieux Delft** décorée de personnages.

Bouteilles, potiches et **jardinières** en ancienne faïence de **Nevers,** à décor bleu.

Assiettes et pièces diverses en ancienne faïence de **Niederviller.**

Beau plat en ancienne faïence de **Nurenberg** à sujet de saints personnages, bordure à médaillons avec figures allégoriques et fleurs (anciennes *Collection Loisel*).

Fontaine en poterie du **Pré d'Auge** avec le Christ en croix et les saintes femmes, en bas-relief.

Assiettes, corbeilles, plateaux, porte-bouquets, jardinières, écritoires, ancienne faïence de **Strasbourg**, à fleurs.

Plat en poterie de la suite de **Palissy**.

Cruche en grès allemand, etc., etc.

PORCELAINES ANCIENNES

Groupe et **deux petites figurines** en ancienne porcelaine de **Saxe.**

Boite de forme oblongue de même porcelaine à décor de lambrequins à fleurs. Théière, etc.

Plusieurs groupes à personnages en ancien biscuit de **Locré** et autres.

Deux petits bustes Louis XVI et Marie-Antoinette en porcelaine décorée dans le genre de Sèvres.

Quelques pièces en porcelaine de Chine.

CRISTAUX et VERRERIE

Collection de **burettes** pour garniture de porte-huiliers.

Verres et **Cristaux** taillés de l'époque de la Restauration.

GRAVURES ANCIENNES

§ 1er. — PORTRAITS

Audran. — *Louis XV*, d'après Gobert.

Id. *Fénélon*, d'après Vivien.

Beauvarlet. — *Les Enfants du comte d'Artois*, d'après Drouais.

Id. *J.-B. Poquelin de Molière*, d'après Bourdon.

Brookshaw. — *Louis XVI et Marie-Antoinette.* Deux gravures pendants à la manière noire.

Bervic. — *Louis XVI*, en pied en grand costume royal, d'après Callet. Epreuve *avant la lettre*, signée du graveur.

Cathelin. — *Louis le Bienaimé* (Louis XV), en pied, d'après L.-M. Vanloo.

Chereau. — *Ch. J. Colbert*, évêque de Montpellier, épreuve avant la lettre.

Daullé (J). — *Mgr le Dauphin*, d'après Belle (cadre ancien en bois sculpté).

Drevet (P). — *Louis-le-Grand*, d'après H. Rigaud.

Id. *Louis XV*, d'après H. Rigaud.

Goltzius (H). — *Henri IV*, cadre ancien en bois sculpté.

Gros. — (D'après le baron). — *Louis XVIII*, par Audouin.

Larmessin (de). — *Louis*, Dauphin de France, d'après Tocqué

Larmessin (de). — *Louis Ve du nom*, XXe Dauphin de France, d'après Beaubrun.

Lawrence (D'après sir Thomas). — *Charles X*, portrait en pied, en manière noire.

Masson (Ant.) — *Louis XIV*, d'après Ch. Lebrun.

Id. *Anne d'Autriche*, reine de France et de Navarre, d'après Mignard (1665). Cadre ancien bois sculpté.

Id. *Marie-Thérèse d'Autriche*, d'après Mignard (1664). Cadre ancien bois sculpté.

Id. *Henri de la Tour-d'Avergne*, maréchal de Turenne (1669). Cadre ancien bois sculpté.

Id. *Henri de Lorraine, comte d'Harcourt* dit « *Cadet à la Perle* ».

Nanteuil (R). — *Jacques-Benigne Bossuet.*

Id. *Jean-Baptiste Colbert*, d'après Ph. de Champagne, cadre ancien bois sculpté.

Nanteuil (R). — *Louis XIV*, de profil (1668), cadre ancien bois sculpté.

Id. *Louis XIV*, en médaillon (1686), cadre ancien bois sculpté.

Id. *Louis XIV*, deux portraits médaillons en travers avec encadrements, cadres en bois sculpté.

Picart. — *Louis XIV*, d'après Ch. Lebrun, cadre ancien en bois sculpté.

Poilly (N). — *Louis*, Dauphin de France (fils de Louis XIV), cadre ancien bois sculpté.

Id. *Marie-Anne-Victoire de Bavière*, Dauphine de France, cadre ancien bois sculpté.

Id. *Deux Thèses* de l'époque de Louis XIV.

Id. Plusieurs portraits, d'après Mignard.

Schuppen (P. L. Van). — *Louis XIV*, d'après Mignard (1670).

Id. *Louis* le grand Dauphin, d'après de Troy.

Id. *Philippe d'Orléans*, d'après C. Lefèvre (1670).

Simon (P). — *Ludovicus Magnus*, grand portrait du Roi, cadre ancien en bois sculpté.

Id. *Louis XIV*, d'après Ch. Lebrun (1682).

Id *Louis de Bourbon, Prince de Condé*, (1678), cadre ancien bois sculpté.

Vallet (G). — *Pierre Corneille*, d'après A. Paillet (1663).

Van Dyck (d'après). — *Charles Ier*, en pied près de son cheval, par Strange.

Id. *Charles Ier* et *Henriette-Marie*, avec leurs enfants, par Massard.

Portraits de *Louis XVI* et de *Marie-Antoinette* et autres personnages de la famille royale de France.

Portraits de *généraux vendéens*.

Portraits divers.

Histoire de Louis XVI et de Marie-Antoinette au Temple. Suite de gravures en noir, d'après Benazech.

§ 11. — ESTAMPES DIVERSES

Beauvarlet (d'après). — *Conversation espagnole*, *Lecture espagnole*. Deux gravures, d'après C. Vanloo.

Boilly (L). — *Le Chien chéri*, par Mathias *Grimaces*, lithographie en couleurs.

Caresme (d'après). — Gravure en couleurs avant la lettre.

Herring (d'après). — Portraits de célèbres *Chevaux de courses*, suite de gravures anglaises en couleurs.

Huet (d'après J. B.), — *Pastorales*, deux gravures en couleurs dans des cadres anciens en bois sculpté.

Kauffmann (d'après Aug.). — Suite de quatre gravures en couleurs de forme ronde, par Bartolozzi.

Lebrun (d'après Ch.). — *Les Batailles d'Alexandre*, série de grandes gravures en noir.

Le Paon (d'après). — *Revue de la maison du Roi au Trou d'Enfer*.

Stubbs (d'après). — Portrait du cheval *Mambrino*, par Hodges. Manière noire anglaise.

Taunay (d'après N.). — *La Noce de Village* gravure en couleurs, par Descourtis.

Gravures en noir de l'Ecole française du XVIIIe siècle. d'après J.-B. Chardin, J.-B. Greuze, J. Vernet, etc.

Gravures en noir des Ecoles anglaise et hollandaise.

Eaux fortes par V. Ostade et Dietricy.

Quantité de lithographies en noir et en couleurs relatives au Sport, etc., etc.

TABLEAUX ANCIENS ET MODERNES

DESSINS, MINIATURES

Anonyme. — *Fleurs et fruits*, deux toiles faisant pendants.

Boons. — *Repas dans un parc*, composition animée de nombreuses figures. Toile.

Champagne (attribué à Ph. de). — Portrait présumé d'*Arnauld*, de l'Abbaye de Port-Royal. Toile.

Lemonnier (Anicet). — Deux esquisses faisant pendants, maquettes de ses grands tableaux du Musée de Rouen. Toiles données par l'Artiste à M. Ribard.

Monnoyer (Baptiste dit). — *Danaë* au milieu de fleurs et d'amours. Belle et importante toile décorative.

Rame. — *Moutons*, deux peintures sur toile faisant pendants, signées et datées de 1884 et 1885.

Sujets religieux. — *Vierge et l'Enfant Jésus.* Deux toiles des époques Louis XIII et Louis XIV.

Ecole française du XVIIe Siècle. — Portrait du *maréchal de Turenne.* Peinture dans un cadre ancien en bois sculpté.

Ecole française du XVIIIe Siècle. — Portrait du roi *Louis XV*. Pastel.

Ecole française du XIXe Siècle. — Portrait équestre du roi *Charles X*. Toile.

Ecole flamande du XVe Siècle. — Deux peintures religieuses sur panneaux.

Ecole de P. P. Rubens. — *Deux études d'hommes.* Peintures faisant pendants sur toile. Cadres anciens en bois sculpté.

Miniatures en couleurs sur vélin provenant de manuscrits. Lettres ornées, figures, bordures, etc.

Vues du château d'Harcourt, plusieurs dessins au crayon signés *Pigeon.*

Tableaux non catalogués.

SCULPTURES

EN PIERRE, BRONZE, BOIS, IVOIRE DES XVe, XVIe

XVIIe ET XVIIIe SIÈCLES

Statue en pierre. — Vierge debout portant l'Enfant Jésus couché sur son bras. *Fin du XVe siècle.* Traces de peinture. Bonne conservation. Haut. 1^m^20.

Statue en pierre. — Vierge et enfant Jésus, *XVIe siècle.*

Groupe figurant la *Cène*, en albâtre sculpté, *XVIe siècle*

Groupes en bois sculpté figurant la *Nativité*, *XVe siècle.*

Groupe de deux *saints personnages* en bois sculpté en bas-relief, *XVe siècle.*

Autres **groupes** non catalogués.

Statuette de **St-Nicolas**, en bois sculpté, *XVIe siècle.*

Petite statuette en ivoire **Christ à la colonne.** *Fin du XVIe siècle.*

Statuette de sainte femme en bois sculpté du *XVIIe siècle.*

Deux panneaux en bois sculpté **La Cène, Descente de Croix**, *XVIIe siècle.*

Groupe en bois sculpté doré avec figures. Travail italien du *XVIIe siècle.*

Couronnement formé de deux enfants tenant une couronne, en bois sculpté. Epoque Louis XIV.

Tête d'ange, en bois sculpté doré. Epoque Louis XIV.

Deux **figurines** en buis et ivoire sculptés. Travail italien du XVIIIe siècle.

Beau **Christ** en ivoire sculpté sur croix en bois ouvragé. Epoque Louis XIV.

Beau **Christ** en bronze patiné, sur croix, incrusté de cuivre et ornements en bronze doré. Epoque Louis XIV.

Petit Christ en ivoire.

Bénitier en ivoire finement sculpté et découpé à jour, à motifs de figures et ornements. Epoque Louis XIV.

Médaillon de forme circulaire en bois très finement sculpté figurant un bouquet de fleurs. Epoque Louis XVI.

Buste de Louis XVIII en bronze. Donné par le roi à Berryer, en 1816.

Statuette de **femme debout,** en bronze doré. Restauration.

Petit groupe de deux personnages causant. Terre cuite de *Graillon*, signée et datée 1851.

MEUBLES ANCIENS EN BOIS SCULPTÉ MEUBLES EN MARQUETERIE BOIS DORÉ, ETC.

Petit coffre formant petit buffet. En partie du XVe siècle.

Petit coffre à médaillons et arabesques. Epoque Renaissance.

Plusieurs **coffres** à motifs de bas-reliefs et cariatides, dont cinq disposés en dressoirs. Travail normand du XVIe siècle.

Ecran avec feuille en tapisserie au point, à personnages. Epoque Louis XIV.

Lutrin en bois sculpté doré. Epoque Louis XIV.

Grande **console** à quatre pieds et entrejambe en bois sculpté ciré, de forme contournée. Dessus en composition simulant le marbre, avec ornementation en trompe-l'œil figurant des estampes, cartes géographiques, feuillets de livres, etc. Epoque de la Régence.

Commode de forme contournée, à trois rangs de tiroirs, ornée de bronzes. Epoque Régence.

Petite table à ouvrage en racine. Epoque Louis XV.

Horloge en bois sculpté avec son mouvement, cadran en faïence émaillée. XVIIIe siècle.

Console-servante à coins arrondis, trois tiroirs dans la ceinture et tablette inférieure en acajou, à quatre pieds. Epoque Louis XVI.

Secrétaire droit à abattant et **Chiffonnier** à tiroirs, en acajou, avec encadrements de perles et bronzes dorés. Epoque Louis XVI.

Chiffonnier à sept tiroirs en bois de placage, avec bronzes et dessus de marbre. Epoque Louis XVI.

Commode en bois de placage, ornée de bronzes et dessus de marbre. Epoque Louis XVI.

Deux **commodes** de dimensions différentes, en acajou, avec filets de cuivre et dessus de marbre. Epoque Louis XVI.

Plusieurs **lits** en bois sculpté naturel, de l'époque de Louis XVI.

Secrétaire droit à abattant en marqueterie de bois de rose et filets, garni de bronzes. Dessus de marbre. Epoque Louis XVI.

Table-toilette, à quatre pieds, avec miroir au centre et deux compartiments, en acajou. Elle est garnie de trois pots à pommade couverts en porcelaine de Paris, à fleurettes, de quatre flacons, etc. Epoque Louis XVI.

Petit bureau à cylindre en acajou, de l'époque Louis XVI.

Petite table-bureau, de forme ovale, à trois tiroirs et tablette inférieure, en acajou. Dessus de marbre et galerie en cuivre. Epoque Louis XVI.

Petit guéridon circulaire en acajou, à quatre pieds en colonnettes, reliés par une tablette. Dessus de marbre. Epoque Louis XVI.

Deux **consoles** semblables, en forme de demi-lune, en bois sculpté doré, avec dessus de marbre. Epoque Louis XVI.

Plusieurs **consoles** ou tables en bois sculpté et doré, avec dessus de marbre.

Billard, miroir en bois sculpté doré, table rectangulaire de style Louis XVI, table en marqueterie de style Louis XV, etc., etc.

SIÈGES ANCIENS EN BOIS SCULPTÉ

RECOUVERTS EN SOIE ET EN TAPISSERIE

Chaise et **tabouret** recouverts en cuir de Cordoue, de l'époque de Louis XIII.

Beau **fauteuil** finement sculpté recouvert en tapisserie au petit point, à motifs de fleurs. Il est garni d'un coussin de même tapisserie. Epoque Régence.

Deux **tabourets** de forme rectangulaire, en bois finement sculpté, à coquilles et feuillages. Ils sont recouverts en soie. Epoque Louis XV.

Deux **petits tabourets** de pied en bois sculpté, recouverts en velours et galon doré. Epoque Louis XV.

Bergère à oreilles peinte en noir. Epoque Louis XV.

Grand fauteuil et **chaise** en bois sculpté de l'époque Louis XV.

Quatre **grands fauteuils** en bois sculpté ciré, recouverts d'anciennes tapisseries au point, à motifs de gerbe de fleurs, encadrée de roseaux. Epoque Louis XV.

Canapé en bois sculpté ciré, garni de tapisserie au point, analogue aux fauteuils précédents.

Deux **fauteuils** en bois sculpté ciré, garnis d'anciennes tapisseries au point, à fleurs et feuillages. Epoque Louis XV.

Quatre **fauteuils** en bois sculpté ciré, recouverts en soie. Epoque Louis XV.

Deux autres **fauteuils** analogues.

Quatre **fauteuils** en bois sculpté ciré, recouverts en tapisserie au point, avec arabesques sur fond rouge. Epoque Louis XV.

Prie-Dieu en bois Louis XV, et deux autres en bois sculpté, du temps de Louis XVI.

Chaise longue en trois parties, bois sculpté naturel Epoque Louis XVI.

Quatre **fauteuils** en bois clair, garnis de lampas à sujets chinois. Epoque fin Louis XVI.

Douze **chaises** en bois sculpté, à pieds cannelés et et traverses. Epoque Louis XVI.

Six fauteuils en bois sculpté peint, modèles à médaillons; ils sont recouverts d'anciennes tapisseries d'Aubusson, avec motifs à draperie et oiseau sur les dossiers, draperie et fleurs sur les sièges. Epoque Louis XVI.

BIJOUX NORMANDS, MÉDAILLES et JETONS BONBONNIÈRES, BIBELOTS OBJETS DIVERS

Croix normandes, colliers en argent, or et pierres, avec pendentif figurant un Saint-Esprit.

Boucles de ceinture, agrafes en argent, or et pierres. XVIIIe siècle.

Monnaies et jetons en or ou argent, des XVIIIe et XIXe siècles.

Tabatière en ivoire gravé et rehaussé en couleurs, avec armoiries. XVIIIe siècle.

Plusieurs **tabatières** ou **bonbonnières** en écaille ou vernis Martin, avec miniatures, fixés, etc. XVIIIe siècle.

Petit **portefeuille** en soie brodée, en couleurs, avec paillettes. Epoque Louis XVI.

Petite **horloge** de bureau en cuivre gravé et doré. XVIe siècle.

Coffret en bois de placage et appliques en cuivre. Epoque Louis XIII.

Lampe d'église en forme de suspension, bois sculpté à têtes d'anges. Epoque Louis XIV.

Baromètre en bois sculpté doré. Epoque Louis XVI.

BRONZES D'AMEUBLEMENT

PENDULES, CHENETS, APPLIQUES, LUSTRE, ETC.

Pendule en marqueterie d'écaille et de cuivre, genre Boulle, avec appliques en bronze. Epoque Louis XIV.

Pendule-cartel avec son support en forme de cul-de-lampe, bois peint au vernis, à décor de fleurs et appliques en bronze. Epoque Louis XVI.

Pendule et paire de **petits flambeaux** en marbre et bronze doré. Epoque Louis XVI.

Garniture de cheminée, composée d'une **pendule** et **deux vases** en bronze doré. Epoque de la Restauration.

Plusieurs paires de **chenets** en bronze, de la fin de Louis XVI.

Plusieurs paires d'**appliques** à une ou deux lumières, en bronze, des époques Louis XIV et Louis XV.

Plusieurs paires de flambeaux en bronze.

Plusieurs paires de chenets en bronze.

Grand **lustre** à vingt-quatre lumières, en bronze, de style Louis XIV.

TAPISSERIE, ÉTOFFES, TAPIS, etc.

Tapisserie verdure : Paysage avec château dans le fond et volatile au premier plan. Bordure d'encadrement à fleurs. Manufacture de **Felletin**.

Quatre **rideaux** en velours rouge, ornés de **bandeaux** en ancien **velours de Gênes**, provenant d'un dais. Epoque Louis XIV.

Petit **tapis-carpette** en tapisserie au point.

Quelques coupons d'étoffes anciennes.

Objets omis au présent Catalogue

BIBLIOTHÈQUE

Abrantès (Duchesse d'). — Mémoires. Paris, 1835, 12 vol. in-8° d. rel. bas.

Alletz. — Choix d'histoires intéressantes. Paris, 1781, in 12°, rel. veau, (aux armes du comte d'Artois).

Almanach royal. — Année 1750, in-8°, rel. pl. maroq. r., tr. d., dent. armes de la duch. de Brancas-Lauraguais.

Année 1754, in 8°, rel. pl. maroq. r., tr. d., large dent., (armes de Mme Adelaïde de France).

Année 17[illegible]0, in-8°, rel. pl. maroq. r., tr. d., (armes du prince de Beauveau-Craon).

Almanachs royaux.—Années diverses (de 1720 à 1760), rel. pl. maroq. et veau. *Ce lot sera divisé*

Almanach de Versailles.— Années 1776 et 1780, 2 vol. in-12°, rel. pl. maroq ,(armes).

Almanachs divers. — (XVIIIe) siècle., rel. maroquin et autres. *Ce lot sera divisé.*

Ammiani Marcellini. – Rerum Gestarum, libri XVIII. Ex. bibl. Lindenbrogi. Hamburgi, 1609, in-4°, rel. pl. maroq. olive. (armes et chiffre de Charles de Valois, fils de Charles IX et de Marie Touchet). *Reliure refaite.*

Barbier.– Chronique de la Régence et du règne de Louis XV. Paris, Charpentier, 8 vol. in 12°, d. rel. maroq. La Val.

Batailles gagnées par le prince Eugène de Savoye sur les ennemis de la foi, par Huchtenburg et Du Mont. La Haye, 1725, in-fol., rel. veau.

Bergier.— Histoire des grands chemins de l'empire Romain. Bruxelles, 1736, 2 vol. in-4°, rel. veau.

Besnard. — Saint-Georges de Boscherville. Paris, 1899, in-4° br. (Grav.)

Bonaventure. — De Saint-Bonaventure prédite par Saint-François. Beau manuscrit de 57 feuillets in-4°, dédié à Mme la duch. d'Aiguillon (1680). Rel. pl. maroq. r. ff., encad., (armes de Louis XIV et de la duch. d'Aiguillon).

Bourgueville (Sr de Bras). — Recherches et antiquitez de la province de Neustrie. Caen, imp. J. de Feure, 1588, in-8°, rel. parch.

Breviarium. — Ecclesiæ Rothomagensis (Été) Prothomagi, 1675, rel. pl. maroq. r., tr. d., (armes de Saulx-Tavannes, évêque de Langres).

Buffon. — Histoire naturelle et suppl. et Oiseaux, Minéraux et Serpents. Paris, imp. Royale, 1740, 38 vol. in-4° et Atlas, rel. pl. maroq. r. Très bel exemplaire dont le 1er vol. porte l'ex-libris de la bibliothèque du duc d'Aumale.

Calendrier de la Cour. — Années 1773, 1821 et 1827, 3 vol. in-8° relié maroq. veau, armes).

Chasse. — Les dons des enfants de Latonne : La musique et chasse du cerf. Paris, 1734, in-8°, rel. veau m., tr. d.

La Chasse du loup de Mgr le Dauphin ou la rencontre du comte du Rourre. Cologne, 1695, in-18°, rel.

Chéruel. — Histoire de France pendant la minorité de Louis XIV. Paris, 1879, 4 vol in-8°, d. rel. chag. br.

Civitatum et admirandorum Italiæ, pars Altera in qua Urbis Romæ. Amstelodami, J. Blaeu, 1663, gr. in-fol., rel. vélin.

Clamorgan. — Chasse du loup nécessaire à la maison rustique. Rouen, 1666, in-4°, rel. maroq.

Constant. — Mémoires sur la vie privée de Napoléon Ier. Paris, 1830, 6 vol. in-8°, d. rel. veau.

Corneille. — Horace. Tragédie. Paris, Aug. Courbé, 1641, in-18°, rel. pl. maroq v. (Rel. mod.)

Sertorius. Tragédie. Rouen-Paris, Courbé, 1662, in-12°, rel. veau. (Armes).

La Mort de Pompée. Tragédie. Suiv. la copie à Paris (Elzevier à Leyde) 1648, 1 vol. in-18° rel. pl. maroq. r., tr. d. (Rel. de Thibaron-Joly).

Théâtre. Paris, Guill. de Luynes et Loyson, 1682, 4 vol. in-12° rel. parch. (Rel. mod.)

Œuvres. Paris, Didot, 1854, 12 vol. in-8° d. rel. chag. br.

Costumes des femmes du pays de Caux dessinés par Lanté, gravés par Gatine et coloriés. Paris, Eudes, en feuilles dans la cour.

Crébillon. — Œuvres. Paris, Imp. Royale, 1750, 2 vol. rel. pl. maroq. v., (armes de L. Potier, marquis de Gandela, duc de Trêmes).

Dangeau. — Journal du marquis de Dangeau. Paris, Didot, 1857, 19 vol. in-8° br.

Description de la grotte de Versailles. Paris, Imp. Royale, 1679, pl in-fol. rel. pl. maraquin r. (Aux armes).

Dezobry. — Rome au siècle d'Auguste. Paris, 1846, 4 vol. in-8°, d. rel. veau.

Dictionarium latino germanicum per Petrum Cholinum et J. Frisium. Helvetios-Tiguri, Christ. Froschoverum 1641, in-4° rel. maroq. r., (armes du grand Condé).

Discours du Roi prononcé le 5 mai 1789 à l'ouverture des États-Généraux. Imprimé sur satin avec encad. par Didot l'aîné. Plié dans un carton spécial.

Duclos. — Considérations sur les mœurs de ce siècle. Paris, 1751, in-8° rel., pl. maroq. r., (aux armes de la Reine).

Dutuit. — Manuel de l'amateur d'estampes. Vol. 4 et 5. 2 vol. in-4°, carton n. rog.

Entrée triomphante de leurs Majestés Louis XIV, roy de France et de Navarre et de Marie-Thérèse, son épouse. Paris, 1662, 1 vol. in-fol. rel, veau.

Les Fastes de Louis-le-Grand. Paris, Jean Anisson, 1694, pet. in-4°, rel. pl. maroq. r. tr. d., (armes de France).

Félibien. — Histoire de l'abbaye de St-Denis en France. Paris, 1706, in-fol. rel. veau, br.

Fénelon. Aventures de Télémaque. Paris, imp. Didot l'aîné, 1783, 4 vol. in-18°, rel. maroq. r. (Rel. de Derôme).

Floquet. — Histoire du privilège de Saint-Romain. Rouen, 1833, 2 vol. in-8° br.

Histoire du Parlement de Normandie et Diaire ou Journal du Voyage du Chanc-Séguier. Rouen, 1840-42, 8 vol. d. rel. chag.

Froissart.— Le tiers volume et le quart volume de Froissart, des cronicques de France et d'Angleterre. Paris, Fr. Regnault, 1518, 1 vol. rel. veau.

Grand escalier de Versailles. Planches gr. in-fol., rel. pl., maroq. r. aux armes.

Guiffrey. — Inventaire du mobilier de la couronne sous Louis XIV. Paris, 1886, 2 vol. gr. in-8° broché (exempl. sur papier du Japon).

Guillaume. — Horoscope du duc de Bordeaux. Paris, 1825, in-8°, rel. mar. vert, grain long, dent., encad. aux armes de la duchesse de Berry (rel. de Simier).

Imitation de Jésus-Christ, par P. Corneille. Paris, Ballard, 1665, 1 vol. in-8°, rel. pl. maroq. r., f. f., encad., dos orné.

Introduction à la vie dévote du bienh. François de Sales. Paris, impr. roy., 1651, in-8°, rel. veau.

Johannis *Abrincensis Episcopi, deindè Rotomag. archiep. liber de officiis ecclesiasticis. Rotomagi. Bon.* Le Brun, 167?, 1 vol. in-8°, rel. pl., maroq r. (armes de Colbert, **M**is de Seignelay).

Laborde (Alex. de). — Voyage pittor. et hist. de l'Espagne. Paris, 1820, 2 tomes en 4 vol., gr. in fol., d. rel., maroq. viol.

La Fontaine. — Fables. Paris, Desaint et Saillant, 1755, 4 vol. gr. in-fol., rel. veau m. (figures de Oudry).

La Fontaine. — *Fabulae selectae Fontaini.* Authore Giraud, Rothomagi, 1705, 2 vol. in-8°, rel. pl., maroq. r., f. f., tr. d. (armes des La Rochefoucauld).

La Quérière (E. de). — Description hist. des maisons de Rouen. Paris-Rouen, 1821-41, 2 vol. in 8° (planches).

La Sicottière. — Louis de Frotté et les insurrections normandes. Paris, 1889, 3 vol. in-8° br.

Lyon. — Institution de l'aumosne générale de Lyon. Lyon, 1644, in-4°, rel. v.

Direction et œconomie du grand Hôtel-Dieu de N.-D. de Pitié de Lyon, 1720. in-4°, rel. v.

Massillon. — Sermons. Panégyriques. Paris, 1745. in-8°, rel. pl., maroq. r., tr. d. (armes du duc d'Orléans).

Masseville. — Hist. sommaire de Normandie et État géog. Rouen, 1722-32. 8 vol. in-12°, rel. veau.

Maynard. — La Sainte Vierge. Paris, Didot, 1 vol. gr. in-8°, d. rel. chag. r., pl. t., tr. d.

Mémorial de la Cour. Années 1780, 85, 87, 88. 4 vol. in-18°, rel. maroq.

Molière. — Œuvres. — Amsterdam, 1713. 4 vol. in 12°, rel. pl. mar. r, f. f., tr. d. (très bel exempl. dans une rel. mod.).

Montalembert. — Sainte Elisabeth de Hongie, Tours, Mame, 1 vol. gr. in-8°, d. rel. chag. r, pl. t., tr. d.

Muller. — La Mionette. Paris, Conquet, 1885, in 12°, d. rel., dos et coins maroq., t. d., n. rog.

Notice hist. sur le tableau représentant l'entrée de Henri IV dans Paris, par Gérard. Paris, 1817, rel. pl. maroq. r., à grain long, doublé de moire, tr. d (armes).

Nouveau Pouillé. — Des bénéfices du diocèse de Rouen. Rouen, 1738, in-4°, d. rel. bas.

Oc.av'us de Minicius. — Félix de la trad. d'Ablancourt. Paris, 1664, in-12°, rel. pl. maroq. r, f. f., tr. d. (armes).

Office de la semaine sainte. — Poris, 1661, in-8°, rel. pl. maroq. r., f. f., encad. (exemplaire au chiffre de Louis XIV, avec fleurs de lys dans les coins et sur le dos).

Office de la semaine sainte. — Paris, 1678, in-8°, rel. pl. veau (armes et chiffre de Marie-Thérèse d'Autriche, femme de Louis XIV).

Office de la Quinzaine de Pasques. Paris, 1745, in-8°, rel. pl. maroq. r., tr. d. (Armes de Philippe d'Orléans et de Marie-Adélaïde de Bourbon-Penthièvre).

Office de la Semaine sainte. — Paris, 1752, rel. pl., maroq. r., dent., tr. d. (Armes de Mme Adélaïde de France).

Offices propres de l'Église roy. et parois. de St-Germain-l'Auxerrois. Paris, 1745, in-8°, rel. pl. maroq. v. (Armoiries de St-Germain-l'Auxerrois).

Ordonnances de Louis XIV pour les armées navales et arsenaux. Paris, 1689, in-4°, rel. pl. maroq. r. jans., tr. d. (Armes de J.-B. Colbert, marquis de Seignelay).

Pommeraye (Dom). — Hist. de l'Abbaye, roy. de St-Ouen de Rouen. Rouen, 1662, in-fol., rel. veau, br. (Planches).

Pommeraye (Dom). — Hist. des Archevesques de Rouen. Rouen, 1667, in-fol., rel. veau.

Pommeraye (Dom).— Histoire de l'Eglise, cathéd. de Rouen. Rouen, 1686, in-4°, rel. bas.

Pottier (André). — Histoire de la faïence de Rouen. Texte et planches. Rouen, 1870, 2 vol. en feuilles en cartons.

Racine. — Œuvres, Paris, Denys Thierry, 1702, 2 vol. in-8°, rel. pl. maroq. r. f. f. (rel. mod.)

Racine. — Œuvres. Paris, 1760, 3 vol., in 12°, rel. pl. maroq. r. (Armes).

Règle de St-Augustin et Constitution des Sœurs de la Visitation. Paris, 1653, in-32°, rel.

Renaud (Abbé Ed.). — Eglise St-Vincent de Rouen. Rouen, 1885, in-4° br. (Planches).

Représentation des fêtes données par la ville de Strasbourg pour la convalescence du Roy par Weiss, graveur, 1744, gr. in-fol., rel. veau. (Armes).

Revue de Rouen et de Normandie 1833 à 1852. — Revue de Normandie 1862 à 1870. Ensemble 30 vol. in 8°, d. rel. et cart.

Roland. — Tragédie lyrique. Aux dépens de l'Académie, chez de Lormel, 1778, in-4°, rel. pl. maroq. r., tr. d., doublé de tabis. (Armes).

Rouen pittoresque par Allais, de Beaurepaire, Dubosc, Félix, Hédou, etc. Rouen, 1886, in-4°, br. (Illust. de Max. Lalanne).

Saint-Simon. — Mémoires. Paris, Delloye, 1840, 40 vol., in-12°, br.

Saint-Pierre (B. de). — Paul et Virginie. Paris, Curmer, 1838, 1 vol. gr. in-8°, rel. m., tr. d., plats et dos ornés. (Rel. de Simier).

Saint-Foix. — Essais historiques sur Paris. Paris, 1759, 3 vol, in-12°, rel. pl. maroq. r., tr. d., aux armes du Dauphin.

Sainctes Prières de l'âme chrétienne escrites et gravées d'après le naturel de la plume par Moreau, juré, chez Hénault, 1636, in-8°, rel. pl. maroq. r., tr. d. (Ouvrage complétement gravé).

Salnove (R. de). — Vénerie royale. Niort, 1888, 1 vol. in-4°, rel. maroq.

Savary. — Mémoires du duc de Rovigo (Savary). Paris, 1828, 8 vol. in-8°, d. rel.

Scarron. — Œuvres. Paris. Guill. de Luynes, 1654, in-12°, rel. maroq. r., tr. d.

Scott (Walter). — Œuvres. Paris. Furne, 1851, 30 vol. in-8°, d. rel. veau.

Théâtre des Estats de S. A. R. le Duc de Savoye, trad. du latin de Blaeu par Bernard. La Haye, 1700, 2 vol. gr. in-fol., d. rel.

Thiers. — Histoire du Consulat et de l'Empire. Paris, Furne, 20 vol. in-8°, cart.

Verrier de la Conterie. — Vénerie Normande. Rouen, 1778, 1 vol. in 8°, d. rel.

Veuillot — Jésus-Christ. Paris, Didot, 1 vol. gr. in-8°, d. rel. chag. r., pl. t., tr. d.

Vie de Saint-Bruno par Eust. Le Sueur, gravée par Chauveau, in-fol., d. rel.

Un grand nombre d'ouvrages que le temps n'a pas permis de cataloguer seront vendus en lots : Littérature ancienne et moderne, Histoire, Géographie, Beaux-Arts, Normandie, Volumes armoriés, etc., etc.

Epitres et Evangiles de l'année pour l'usage de la Reine, femme de Philippe de Valois, roi de France (1336). 133 feuillets in-4° manuscrit sur vélin. Lettres ornées et vignettes enluminées. (Quelques feuillets manquent au commencement.

Pontificale de Noyon (xve et xvie siècles). Manuscrit sur vélin, avec premier feuillet encadré et lettres initiales enluminées. in-fol., rel. velours.

Livres d'offices et livres d'heures, manuscrits sur vélin (XVe et XVIe siècles), avec lettres ornées, vignettes enluminées et miniatures à pleine page. (Ce lot sera divisé.)

Actes et vie des saints de Normandie, avec catalogue alphabétique. 1 vol. in-fol. manuscrit.

Registres manuscrits contenant des notes diverses sur Rouen et la Normandie.

Médaillier en forme de livre, format in-4°, rel. maroq. rouge, dentelle, tr. d., garni de velours rouge à l'intérieur (armes du pape Benoit XIV (XVIIIe siècle).

www.ingramcontent.com/pod-product-compliance
Ingram Content Group UK Ltd.
Pitfield, Milton Keynes, MK11 3LW, UK
UKHW021959260726
13994UKWH00004B/1845

9 782329 453743